子ども　詩のポケット　49

空とぶ　ふうせん

小川恵子

空とぶ　ふうせん

もくじ

Ⅰ　海が空に

Ⅱ　ポップコーンとんだ

Ⅲ　人間ばんざい

I

海が空に

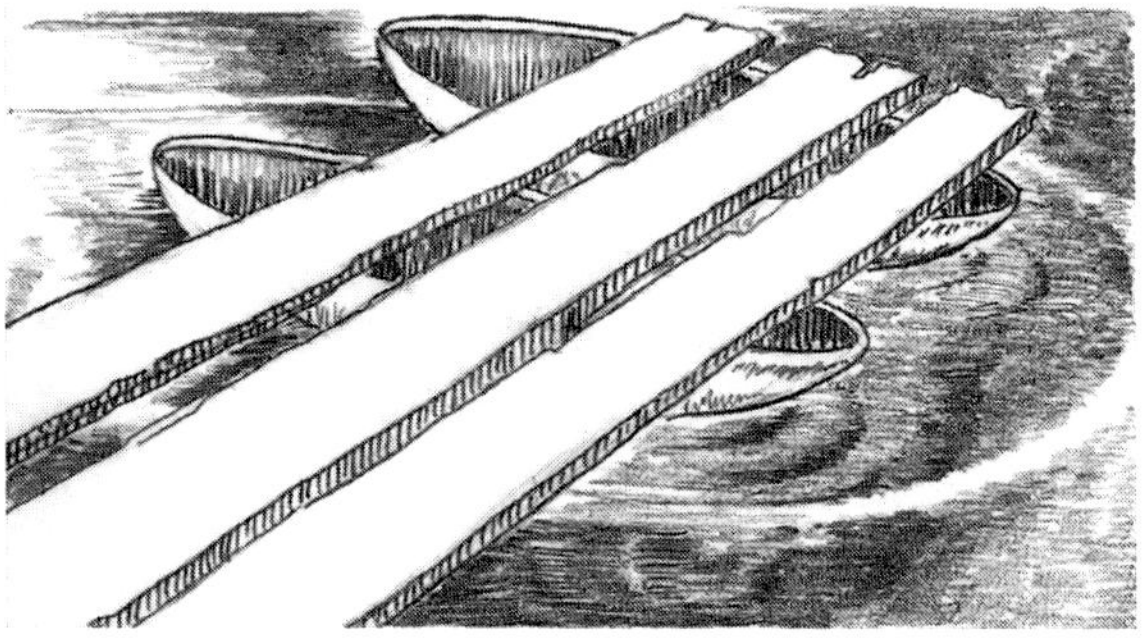

うみ　が　そらに

うみが
みんな
そらに　なりました
いわしぐもの　なみです

きんの　うろこが
ひかります

風が
みんな
秋の山になりました
きんの　うろこが
舞い落ちます

ポケット

ポケットの中に怒りを一つ押し込んだ
歩くたびにポケットもブルブルふるえている

ポケットの中に悲しみが一つ住み込んだ
話すたびにポケットも　シトシト濡れている

ポケットの中に喜びの種が芽を出した
笑うたびにポケットもズンズンはずんでる

心のポケットは　いったい　いくつあるのだろう
しぼんだ風船のような気持ち
削られて小さくなったエンピツの芯の悲しみ
みんなみんなポケットにいれた

すべてのポケットは　大切な　私の宝物

ごそごそと動きまわるポケットたちが
今日もするりと入り込む

耳を澄ますと
干涸《ひから》びたポケットの声が聞こえた

ポケットよ！
息はしているか？

時々寝ても　いいんだよ

おはよー

朝、目がさめると
いっぱい汗をかいたみたい
パジャマのズボンが　びっしょりだ
ふとんも　ぬれて　世界地図

ママはすぐに　ふとんを干した
ついでに　パジャマも洗ってる

これって……
汗　　かな？
おねしょ　かな？

お日様　ぐんぐん　かけのぼり
世界地図が　消えてゆく
どんどん　どんどん
消えてゆく

空とぶ　ふうせん

幸せを一個　にぎった
もっと　ほしくて十個　にぎった

目をとじると
幸せと一緒に　とんでいる
フワフワ　フワ〜リ
風にゆれ　光の粒を抜けてゆく
空とぶ　ふうせんは　夢の入り口

心の中にも　たくさんの色ふうせん
七色のふうせんに　出会えたら
きっと　幸せが見つかる
私だけの幸せから
みんなの喜びに変る

ひとつ、ふたつ、
たくさんの　ふうせんに
出会えた顔が　笑ってる
それは百人の友だちだ
みんなで
輪になってとぼう
夢に向って

風の電話

風の電話が　あるという
夏を知らせる潮風は　波の音を呼びさます
それは、想定外の出来事だった
あっと言う間に
錆び色の波が押し寄せて
あらいざらい瓦礫にさせた
大切な命さえも奪われた
ただ一つ、そこにあるのは
風の電話
私を伝える心の電話

静かに目を閉じ　耳を澄ますと
思いがムクムクと流れこむ
山吹の花が咲いたこと
ツバメが迷わず訪れたこと
海が藍色に戻ったこと
そして、一人になったこと

そうさ！　もっと、もっと話してごらん
風の電話が受け止める
太陽が明るくまぶしい日には
濡れた心も乾かすだろう

風の電話が今日も伝える
命ある限り
未来はあると……。

ぬすっ人の風

縁側の濡縁《ぬれえん》を掃除した
朝の陽光《ひかり》は　細かい所もうつしだす
モップの先に　なにやら
うす茶色の　細長いものがあった
おや？
それは　うなだれた　カマキリ
生きて　いるのかな
モップの先で　つついて落とした
枯れた草色のカマキリは　動かない
と、ぬすっ人の風が　ころがした
命を　とったのは　こいつだ！

透きとおった羽をひろげ
翡翠《ひすい》色に輝いた　カマキリ

凍死した　なきがらは
永久《とわ》の夢のなか
無のなかで
あるがまま
大地にとけて　活きかえる

冬の寒さを引きつれて
ぬすっ人の風が　しのびこむ

雪の女王

北風が雪の女王を誘った

カヤブキ屋根は
風花の化粧
池の　水面《みなも》は
白い大地に　はや変わり
公園の砂場と　小さなベンチ
すっぽりと雪のシートで　おおわれる

雪の女王は
白鳥の足跡さえも　逃しはしない
あたり一面
真っ白に　塗りかえる

女王の吐く　一息ごとに
雪は　降りつもる
あらゆるものを　白に変える
魔法のベール

まっさらな雪は
全てを包み
まっさらな雪は
まっ白のページをひらく

息ができない

黄ばんだ壁
もやもやした天井
吸殻のあるトイレ
はびこるタバコに　モクモク煙
我が家は　どこでも　喫煙ルーム

ツレは　いつでも　どんなときでも
フクリュウエンの病いを　私に贈る

そんなもの　いらない！
怒りのまなざしを　ツレの顔に　つきだす
けれど……それは　ほろりと　折れる

青白いタバコの煙は
犯された人たちを
悠然と　見下ろしながら
家中を
ふわりふわりと　漂う

うう っ……息ができない

プロローグ

しんしんと雪が降る

あの日……

父さんは、お産婆さんを呼びに行った
明け方の町中は　ひっそりしていた
まだ足あとのない　まっ白いジュータン
サクサクと踏みしめながら　父さんは走る
降り積もる雪は　白い吐息
くるくる　まわる　雪花まわる
父さんの長靴に雪が舞いこむ
かじかんで赤くなった手
ふるえて　こわばった体

ぐいと伸ばし祈りながら走る
一歩、一歩、いのちの灯りをつけながら走る
生まれでる子の未来を描き
まっさらな心で走る
父さんの心で　雪が解ける

わたしが　この世に産まれるプロローグ

父さん……
ありがとう

海は生きている

日が昇る
海のうろこが踊りだす
輝いて
ぷちぷちはねて踊りだす

大海原の深呼吸
パークパークと聞こえだす
空を　かかえて　うねりだす

まぶしい海は　お祭りだ
波のスカート　ひるがえし
波立つ泡は　フラのレイ
ゆらゆらゆれて　ひらく花
ラッタ、ラッタと　はねている

ユラユラ　魚をまねきよせ
キラキラ　光をおどらせて
金の海は　生きている

一粒の砂

手のひらに　のせた砂は
さらさらと　こぼれる

時には　砂金のように
時には　蟻地獄のように
時には　猫トイレのように

変わるのは　素直だから？
ふりまわされて　たどりつく

そこは　一粒が入れる
砂の天国

あったら　いいな
なければ　やだな

天国には　たくさんの
門が　あるかもしれない

蛍

ひとつふたつと　ホタルを数える
川のせせらぎを　聞きながら
飛び舞うホタルは　夜の精
数えきれない点滅する光は
つかの間の　いのちの乱舞

ときめく両の手のひらは
闇夜をささえる　お休みどころ
やさしい　ひかりが点滅する
戯れ舞いて　たどりついた今、
そっと手のひらに包みこむ

わたしの　両手に
ほたるの命がとびはねる
ふっと息を吹きかける
あっというまの手品のように
スルリと指から抜けて舞う

飛び立つ命の宴は
燃えながら
永遠を目ざし
闇の彼方へ消えてゆく

再生

目を閉じて聞こえるのは
ウグイスの声
波の音
ほほをなでてゆく潮風の匂いだった

一瞬の間の地獄
目を開けると
津波に飲まれていた
家、車、泣き叫ぶ人々
これは夢の中かもしれない
すべて嘘かもしれない
目を閉じて　もう一度見開いた
何回も　何回も……。

三月十一日、二時四十六分
スローモーションのような惨劇の映像は
日本列島に脅《おど》しをかけた
東日本大震災
一ヶ月が経ち
一万三千人余りの方たちの亡骸《なきがら》
今も瓦礫の下に眠る身元不明の人々
まだ終わらない　福島県域の原発事故
怒りと悲しみは一人一人の魂に刻まれる
やり場のない怒りがこみあげる
今は目を閉じるときではない
しっかりと目を開ける
助け合う心が「今」ほしい
そして叫ぶ
原発は　もういらない

今年も満開の山桜が陽の光を浴びて
華やかに咲き競う
季節の訪れは三・一一を知らない

今年の春はまぶしすぎる

瓦礫の陰で水仙が揺れる
だれかの庭だったその場所で……
香りは風にのって
枯れ木は少しずつ、ほんの少しずつ
未来の戸を　開く
そう、今は、
再生のとき

シイナ

栗の木をよ～く見てごらん
毬《いが》の中にはシイナという
栗もあるんだよ
平べったいままの栗……

みんな、大きくなったら　なんになる
ぼくは、栗ご飯
わたしは、栗羊羹
あっしは、天津甘栗
わたくしは、マロングラッセよ

葉陰で栗たちは、ウキウキ　ワクワク
ぺちゃんこのシイナも……
ぼくは、そのまんまで　いいや…　と
空を見る
そんなこと　ないさ
みんな　いっしょに大きくなろうよ
仲間の栗たちは、かわるがわる
シイナをもりたてる

みんなに栄養あげながら
毬の中からムクムクと
シイナの声がきこえる
へっちゃら　へっちゃらさ

やがて栗畑は、収穫の時期
太った栗たちは運ばれてゆく
さようなら、バイバイ、
たっしゃでな、ごきげんよう
しなびたシイナの平面栗は、
静かに笑って送りだす

大地のベッドで眠っても
いつまでも色あせないシイナは
宙《そら》からの贈り物

栗の木をみたら
耳をすますといい
シイナの声がきこえるから

私の色

若草色になれたなら　いつもの街にでかけよう
耳はダンボになって
眼はチーターになって
体はサルになって
見たい、聞きたい、さわりたい
いつもの街を　ゆっくり歩く
キララ……私は　若草色

しがみついて震えているのは　桜の花びら
黒い車に花飾り
朝日の中でフルフル　フルフル
だいじょうぶだよ
やさしく　手の中で温める

ほのかにロマン色の香り
少しずつ　からだに沁みこんで
あらら……私は　さくら色

さくらの気分で舞うならば
いつもの街は　森になって
ビルはダンボールになって
人は小さなアリになって
思いっきり　光を吸いこむと
ホホホ……私はレモン色

風のロンドと　ラッタッタ
楽しく踊る　　気ままに揺れる
スローライフの贈り物

数えきれない私の内《なか》の　私の色は
いつも出番を待っている

月のうさぎ

月のセレナーデを聞いた時だ
月のうさぎが　夜空から　おりてきた

「ぼくんちに　おいでよ
　おいしいデザートがあるよ」
と　たくみに誘う
ほんとかな?
うさぎの右耳がビクンと折れた
「火星人も友だちなんだ。一緒に遊ぼうよ」
なんだか　とくいげだ
「えっ、あの目玉の大きい火星人?」
うさぎは　大きくうなずいていう

「そうさ」
ほんとかな？
うさぎのヒゲがピクピク動いた
「月まで、あっと　いうまだよ」
近くの椅子にこしかけた
うさぎの両足は
たぶん、ぴょんぴょんはねて
どんな夜空も飛べそうだ
けど、ほんとに月に行けるのかな？

さっきから、セレナーデの音符が
プカプカ浮かんでる
ぼくは音符を指さして
「これに乗って月まで行くから、大丈夫！」
と言った
月のうさぎは、ハァ〜と大きくため息をつきながら

しょぼくれて　お腹をへこませた
「ところでデザートって何？」
すると　うさぎは答えた
「え～と、ぼたもち、あんころもち……かな」
いつも　もちを　ついてるから
もちのデザートなんだ
ぼくは月のうさぎが　がっかりする答え方をした
「毎日、毎日　おもちのデザートじゃ、行かないよ」

それっきり　月のうさぎは　来なくなった
あの時、一緒に行けば　よかったんだ
そうしたら　月のうさぎや火星人とも
友だちに　なれたかもしれない

一回目のチャンスは　のがしてしまった

うさぎは　またくるだろうか
ひさしぶりに
月のセレナーデを聞いた時だ！
月のうさぎが　夜空から　おりてきた

Ⅱ

ポップコーンとんだ

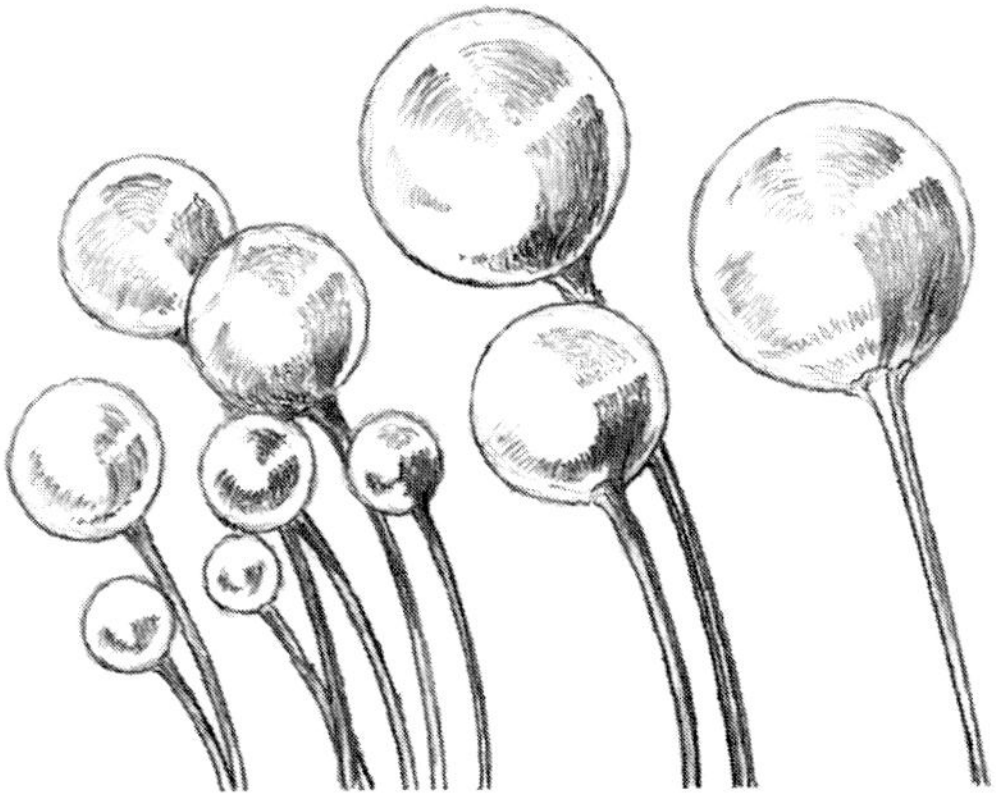

小さな科学者

空のポップコーン

お空で　ポンポン音がする
ポップコーンの　音がする
ポンポン、パラパラはじけて　とんで
パランパランと　落ちてくる

ボクにも　ちょうだい……
お空の　ポップコーン
傘をさかさに　してみたら
ポップコーンが　とけだして
お空のみずに　なっちゃった

だるまさん

だるまさんを　寝かせたら
すぐ起きた
しばらくして　また寝かせたら
少し　とんだ
そんなに起きてて　大丈夫？
片目は　つむってる　だるまさん
もしかして、
半分起きてて
半分寝てるのかな？
だから元気なのかなぁ？
ボクも　だるまさんの　まねをして
片目を　つむった

わたし、ブタじゃないもん

体重計にのって
お母さんの　まねをした
「まぁ！　ブタになっちゃったわ」
まてよ？　そんな　わきゃー　ないさ
わたしは　わたし
みっちゃんって　名前があるんだよ

夏の予感

たんぽぽ綿毛のぼんぼりが
ふんわり　風に揺れている

風が　ぼんぼり　ゆらしてる
黄昏《たそがれ》どきの夏の庭

風が夕闇つれてきた
灯りのともった軒下に

ふぅーっと息を吹きかけて
灯りはたちまち舞い上がり
羽根は四方に散ってゆく

花火のように華やかに
しぶきのように軽やかに
夜にまぎれて飛んでゆく

銀色の羽根
どこまでも
風にのってとんでゆく
戯《たわむ》れながら
とんでゆく

いのちが息づく
夏がはじまる

小春日和の配達人

泣きぬれた　ほほにふれる
小春日和の暖かさ
悲しさに　うちひしがれたわたしに
前ぶれもなく
降りそそぐ　光のシャワー

心が苦しくて叫びたくなる時
すべてを聞いてくれる

あなたは
小春日和の配達人

あたたかな光を花束にして
明るさの中に立っている

知らぬ間に
わたしの中へと沁みてゆく
幸せのきざし

春の予感が走る

明日はきっと
小春日和の配達人

つくる　手のうた

びょ～んとのばし　くしゃくしゃっと
にぎる　手
たたいて　つかんで　またつくる
ねんどをつかって　こねまわす
手　あなあけて
手　かたちよく
手　もてたら

はい、できあがり
どこにもない　てづくりコップ
手　うれしくて
なでてみる
手　こんどは
なにつくろう?

ヒョウのあかちゃん

ヒョウのあかちゃん
動物園でうまれたよ

ひょうひょう　プァーイ　プルプアイ
ゼロの模様にくるまれて
コロコロコロっと　うまれたよ
ミャオミャオと　ネコの鳴きかたで
アフリカの風　さそい込む

ひょうひょう　ファーイ　プルプルル
大地にふわりと　とけながら
瞳はふるさと　映しだし
ジャングルもどきの　扉から
蛍光灯が　降りそそぐ

ひょうひょう　プルルル　プルプアイ
見物客に背をむけて
野生にかえる　ひとときの
サバンナの砂踏みしめて
小さな勇者は　ねり歩く

バナナ

バナナをむいたら　何になる
それはなにかと　こたえれば
ドロンとおばけの　フラダンス
ナンババ　ナンババ　バナナ

バナナを立てたら　何になる
それはなにかと　こたえれば
ドロンと三日月　ボクの顔
ナンババ　ナンババ　バナナ

バナナをねかすと　何になる
それはなにかと　こたえれば
ドロンとゆりかご　ゆーらゆら
ナンババ　ナンババ　バナナ

バナナを食べたら　何になる
それはなにかと　こたえれば
ドロンとみんなが　ニッコリコ
ナンババ　ナンババ　バナナ

アイタタタタ

一、じいちゃんが荷物はこんで
オットットット　ふらついた
思わずさけんだ　アイタタタタ
またきたきたの　ぎっくり腰だ

二、ばあちゃんが買い物帰りに
コケコケコロロ　つまづいた
思わずさけんだ　アイタタタタ
まじめまじまじ　ひざ小僧笑った

三、父さんがオニューの靴を
ソローリソロソロぬぎすてた
思わずさけんだ　アイタタタタタ
テクテク足の靴ずれヒリリ

四、かあさんが残ったおかず
パクパクパクパクリ　食べつくす
思わずさけんだ　アイタタタタタ
「もったいない」の食べすぎだ

五、ぼくが逃げたい歯医者さん
キーン、ギギギ、と削られた
思わずさけんだ　アイタタタタタ
虫歯退治のクレーン車だ

ゆめの星

一、ほうき星にのって　夜空の海をわたる
しあわせいっぱい　あふれてる
まあるい愛が　見えてくる
マッチ箱の家は　あかるいよ
キラキラキラリ……ゆめの星

二、三日月のブランコ　ふわりと揺れる
わらってる声　聞こえてる
しゅるしゅる花火が　まだつづく
どどんとはじけて　まぶしいよ
キラキラキラリ……ゆめの星

三、銀河の列車が　ほんわか走る
励ますげんきも　飛んでいる
泣いてる昨日は　さようなら
生まれる明日が　まってるよ
キラキラキラリ……ゆめの星

四、雲のじゅうたん　一緒に乗ろう
みんな友だち　あったかい
心の橋を　仲よくわたる
にぎる手と手が　燃えてるよ
キラキラキラリ　ぼくらの地球
おやすみなさい……ゆめの星

へなちょこ探検隊

ひとりふたりと　ふえてくる
野山をかける　探検隊
にょろにょろ青へビ　つるして歩く
僕らの行進　虹色だ
ワッハ　ハ　ハ
飛べ！　飛べ！
空飛ぶドラゴン　つかまえろ
走る汗から　夢がうまれる

今じゃ　仲間と風をきる
夜空をひらく　探検隊
どろんちょオバケも　肩組み歩く
僕らの行進　キモだめし

ワッハ　ハ　ハ
行け！　行け！
きんきら銀河を　飛びこえろ
渡る川から　星がはじける

力あわせて　どんとやる
弱虫まもる　探検隊
ぎょろりん悪ガキ　仲間になって
僕らの行進　どこまでも
ワッハ　ハ　ハ
見ろ！　見ろ！
真っ赤な夕日を　追いかけろ
燃える影から　明日がくる

夢色の空

一、もみじの　お手手は　冷たいね
母さんといる　冬の空
こんこん　こなゆき　降ったから
雪のダルマを　作るんだ
てんてん　手ぶくろ　あたたかい

二、コンペイトウは　夜にでる
母さんも見る　夜の空
きらきら　光る　星だから
たまにはホウキで　はきたいな
ねんねん　ねむりの　夢のなか

三、くろいメガネを　あげたいね
母さんと行く　青い空
さんさん　まぶしい　朝だから
モグラとかけっこ　したいんだ
みんみん　みんなで　運動会

Ⅲ

人間ばんざい

一年B組

「ピンポ～ン　チャラリン」
始まりのチャイムが鳴った
一時間目は社会の先生だ
先生は、いつものように何も言わずに
みんなを　にらみつけている

うわっ！
みんなロボットになった
ギクシャクと、当たり前の言葉が飛び交う
立派になったロボットたちは
隣とおしゃべりは……しない
ノートに落書きは……しない
鼻くそをほじくって飛ばすことは……しない

ロボットたちは、もくもくと　先生の話を聞く
教科書に書いてあるだけの勉強だ

「ピンポ〜ン　シャラリン」
終わりのチャイムが鳴った
恐い先生が教室を出た

とたんに
魔法がとけてロボットは
みんな人間になった

人間、バンザ〜イ！

光こそ

切り抜かれた空から
干からびた心の影をのぞいた

どこからか
もうだめ……の声が聞こえる
君は、死神を　待っているのか？

十代の肉体は、過去をたぐり寄せ
悲しみだけを　にじませる
君は影の分身に　すがりつく
おかしくて　しようのない自己愛？

そんな時は、
皺だらけの　お爺さんの手を握ってみよう！
陽に焼けた顔からは、
黄金色の年輪が浮かびあがる
一生懸命に生きているその顔は、
まだまだ世の中は、
面白いことだらけと語っている

そうさ！　死神なんか待つよりは
あるときは、ひたむきに
魂のひだが
時を忘れるほどに　うねりだす

生きていれば、そんな生き方もできる
もう少し　生きてみようよ！
ほんとうは
光をこそ　君は　待ちわびている

ありふれた空気に

手に持った買い物袋をもう一度のぞいて見た
買ったばかりのリンゴ一個と
ペティナイフはそのままあった
リンゴをむくには程よい大きさだ
手は無意識のうちにナイフを取り出し
仰ぎながら、太陽を突き刺した

ありふれた空気に何かが目の前をよこぎった
あっ、ジャガイモだ！　あとから……
ニンジンが
タマネギが
ニンニクが
すごいスピードでジャガイモを追いかける

汗を拭った道ばたには
ヒマワリが笑っている
おまけに……ブタは私の後ろからついてくる
こんな暑い陽気なら何が見えてもおかしくない

ナイフは、キラキラと光を放ち
野菜は小さな粒になってついている
角度を変えると違う野菜もついている
目をこすりながら、ナイフを下ろして袋に入れた

けれど、ブタはまだ側にいる
ふーむ……とたんにお腹の虫が鳴り出した

ありふれた空気を吸いながら
消えてゆくブタを　けとばして
いつものスーパーへと歩き出す
やっぱり今夜は、カレーライスにしよう！

イチゴの時間

夕方に水やりをした
おや？
ちっこい赤い実がたくさんあった
手にとって　一粒食べた
うわ！　おいしい
イチゴの味がした

風に乗って甘酸っぱいイチゴの声がした
――みそこなっちゃ～　いけないよ
　ちいさくても　本物《ほんもん》の味だよ
まばたきして　目を見開いた

お日様の光を
ふりしきる雨を
ドックン　ドックン吸い込んだ
赤いツブツブが　まぶしく見える
虫に食べられた穴ぼこだらけのイチゴまで
オッホンと　咳ばらい

オーケー！　もっと　いただくよ
透明のビニール袋には
イチゴが押し合い　へしあい入り込む

そうして　また、イチゴの時間が回りだす
大地とひそひそ話しをしながら
たっぷり寝て　大きなあくびをして
――うまいは赤い　赤いはイチゴ
と胸をはる
イチゴの時間は　まだまだ続く

極悪鳥

一羽の黄色いインコの生きがいは、
仲間をいじめることだった

ある日、三羽のインコが　かみ殺された
鳥籠は　一羽だけになった
おまえは、鳥殺しの極悪鳥《ごくあくどり》だ！
籠は、そのまま監獄になった

その日から、　くる日も　くる日も
餌と水をあげた
私はまるで刑務官

極悪鳥は籠の中で　気楽そう
けれど、何をしても
一羽ぽっちじゃ　つまらない
やがて……
押しつぶされそうなストレスが
じわじわと　おとずれた
抜け目ない頭は毛が抜け、剥げあがり
瞼の下は、しょぼくれ鳥のシワの跡

次の日、
餌も食べずに
カチンカチンになって　転がっていた
ゆすっても　動かない！
まるで、黄色い鳥形レゴのブロックだ
鳥籠はからになった
唯一救われたのは、忘れていた
寂しい気持ちが　心の奥に生まれたことだ

おわりに

詩の生まれるふるさとは、一人ひとりのこころです。こころはいつも同じ場所に収まっているとは限りません。何かを求めて彷徨ったり、束の間の歓喜に酔いしれたり、溝に嵌まり込んで身動きできなくなったり、どん底の絶望の淵に沈み込んだりと、日々変化し続けています。こころは人間が人間であることの証しなのです。

人間はこころで感じる能力、感性を持っているからこそ豊かなのではないでしょうか。悲しむ力、喜ぶ力、友の喜びにも共感できる力、これらは人間らしく生きていくための「人間力」なのだと思います。

小川恵子さんの詩には喜びや悲しみに躍動するこころのリズムがあります。こころがリズムと呼応して言葉を紡いでいるようです。言葉が跳ねて歌っています。子どもたちの生きる力の応援歌に、ある時はこころを優しく撫でてくれる母の子守唄となってくれるでしょう。

山口節子（児童文学作家）

あとがき

この詩集は、同時代を共に生きる子どもたちへ、そして生きることが困難な今の時代を生き悩む若者へ、思いをこめて紡ぎました。
喜びや、悲しみの心模様を詩の一行一行に織り込みました。さらに明日へと続く言の葉もつづりました。「生きる」ことへの勇気をほんの少しでも見つけていただけたら幸いです。
上梓にあたり、ご尽力を賜った
作家の山口節子先生
詩に彩りを添えた菅原史也様
てらいんくの佐相伊佐雄様、美佐枝様、里永子様
誠にありがとうございました。
重ねて厚く御礼申し上げます。

平成二七年立夏　　小川惠子

小川恵子（おがわ　けいこ）

1952 年、神奈川県生まれ。
児童文学同人「詩と童話の会」所属。

菅原史也（すがわら　ふみや）

1972年生まれ。東京造形大学デザイン科卒業。同研究課程修了。美術家。『現代少年詩集 2000』（銀の鈴社）装画。さとうなおこ詩集『ねこ　ねこじゃらし』、いとうゆうこ詩集『おひさまのパレット』、三谷恵子詩集『虹のかけら』（てらいんく）装丁挿画。なかざわりえ詩集『どんぐりひとつ』（らくだ出版）装丁挿画など。

子ども　詩のポケット49
空とぶ　ふうせん
小川恵子詩集

発行日　二〇一五年六月二十二日　初版第一刷発行
著　者　小川恵子
装挿画　菅原史也
発行者　佐相美佐枝
発行所　株式会社てらいんく
〒二一五-〇〇〇七
神奈川県川崎市麻生区向原三-十四-七
TEL　〇四四-九五三-一八二八
FAX　〇四四-九五九-一八〇三
振替　〇〇二五〇-〇-八五四七二
印刷所　株式会社厚徳社

ISBN978-4-86261-113-0　C8392